Pusteblume

Das Arbeitsheft 1

Sachsen

Neubearbeitung

Erarbeitet von
Anett Gleß, Hohenstein-Ernstthal
Steffen Lamm, Dresden
Julia Luft, Hartenstein
Steffi Thiel, Dresden
Regina Weber, Chemnitz
Simona Winkler, Chemnitz
u. a.

westermann

Inhaltsverzeichnis

Raum und Zeit

Ausschneideseiten

Diesen QR-Code kannst du auf einigen Seiten am linken oder rechten Seitenrand finden. Über den QR-Code kannst du digitale Zusatzangebote aufrufen.

1 Du benötigst ein Tablet oder Smartphone und einen Internetzugang. Klicke auf dem Gerät die Kamera-App an.
2 Halte die Kamera des Tablets* oder des Smartphones* über den QR-Code.
3 Öffne den angezeigten Link und automatisch und ohne Anmeldung werden dir alle Zusatzmaterialien angezeigt: interaktive Übungen, Fotos, Landkarten, Lernspiele oder Videos. Du kannst sofort damit arbeiten.

* (Die meisten Geräte erkennen QR-Codes direkt über die Kamera. Ältere Geräte benötigen eine App zum Lesen des QR-Codes.)

Aufgaben

Farbige Nummern zeigen die Aufgaben an. Die Punkte unter den Nummern zeigen, wie schwer die Aufgaben sind.

1 Schreibe den Namen auf.

■□□ leicht ■■□ mittel ■■■ schwer

○ Wahlbereich
■ Lernbereich 6

M1 Ausmalen

Du brauchst:

1 Jeder Zahl ist eine Farbe zugeordnet.

2 Felder mit gleicher Zahl werden mit gleicher Farbe angemalt.

3 Male nicht über die Linien.

4 Male den Schmetterling nach den Zahlen aus.

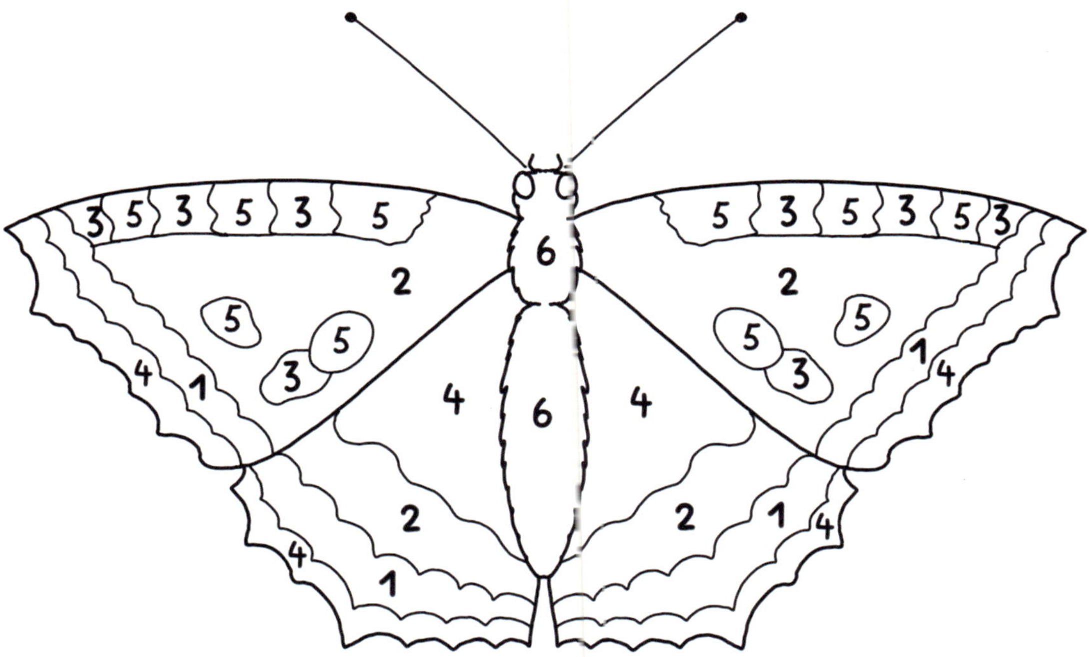

M2 Vergleichen

Du brauchst: 

1 Betrachte die beiden Bilder.

2 Vergleiche die Bilder. Finde Unterschiede.

3 Markiere Unterschiede mit einem Kreis.

4 Betrachte die Bilder unten.

5 Kreise fünf Unterschiede im rechten Bild ein.

Illustrationen: Fuhrmann, Gisela

M3 Markieren

Mit verschiedenen Stiften kannst du Dinge hervorheben.

Du brauchst:

1 So kannst du etwas hervorheben.

2 Betrachte das Bild genau. Umkreise so:

Illustrationen: Fuhrmann, Gisela

M4 Ausschneiden und kleben

Du brauchst:

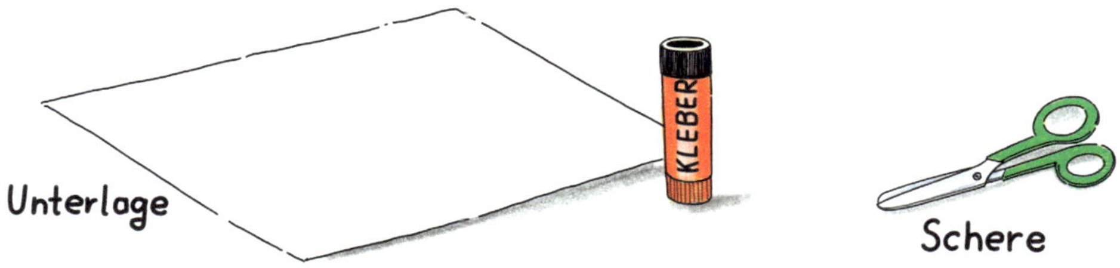

1 Schneide vom Körper weg.

2 Schneide an der Schneidelinie entlang.

3 Bestreiche die Rückseiten mit Kleber.

4 Klebe vorsichtig auf und drücke fest.

Illustrationen: Fuhrmann, Gisela

5 Schneide die Puzzleteile auf Seite 81 sauber aus.

6 Lege die Teile zusammen.

7 Klebe die Teile auf.

M5 Präsentieren

Präsentieren bedeutet, Ergebnisse anderen Menschen vorzustellen.

So kannst du eine Klappkarte basteln.

Du brauchst:

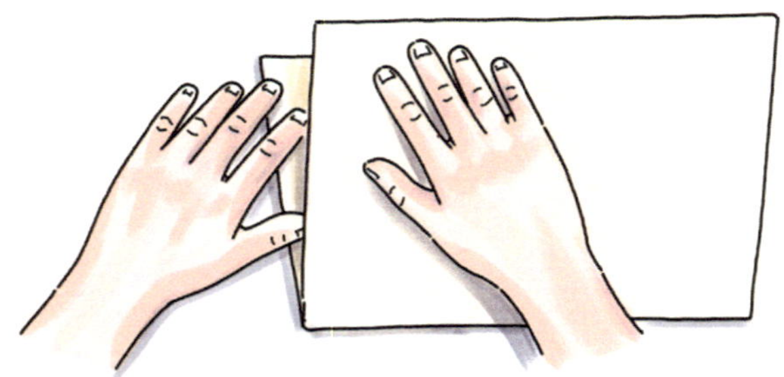

1 Falte die Pappe in der Mitte.

2 Schreibe den Namen auf eine Seite.

3 Klebe Blatt und Frucht auf die Rückseite.

Vorderseite der Klappkarte

Rückseite der Klappkarte

Illustrationen: Fuhrmann, Gisela

Blüte
Stängel
Blatt
Zwiebel
Wurzeln
Frühblüher
Krokus
Schneeglöckchen
Regeln am Computer
11:45

Unser Sachunterricht

Finde die sechs Unterschiede. Markiere.

Was gehört zusammen? Verbinde.

Wodurch wirst du gut gesehen?

Welche Vögel sind am Futterhaus?

Illustrationen: Heimrich, Heike

- Die Überschriften und Illustrationen sollen die Neugier der Kinder und die Lust auf das Unterrichtsfach Sachunterricht wecken. Die Kinder werden zum ersten Nachdenken und zum Erfahrungsaustausch angeregt.

Wo Licht ist, gibt es auch

_ _ _ _ t t _ _.

Es war eine Mutter, die hatte vier Kinder, den …

Aus Apfelblüten entstehen …. Zeichne ein.

Können Igel gut riechen?

○ Ja

○ Nein

Apfelblüten _ _ _ _ l

Illustrationen: Heimrich, Heike

- Neben dem Einstieg ins Unterrichtsfach dient diese Doppelseite der Reflexion eines behandelten Themenblockes.
- Die jeweilige Überschrift wird nochmals aufgegriffen und vertiefter von den Kindern beantwortet.
- Einige Darstellungen können durch Ausmalen oder Markieren vervollständigt werden.
- M1 Ausmalen, Seite 4 und M3 Markieren, Seite 6

Klassenleben

Illustrationen: Heimrich, Heike

- Das Verhalten der Kinder auf der großen Abbildung betrachten und beschreiben. Bezüge zum eigenen Klassenleben herstellen.
- Sich zu den Bildausschnitten positionieren. Das Verhalten durch entsprechendes Ankreuzen beurteilen. (☺ – richtiges Verhalten; ☹ – falsches Verhalten)

Klassendienste

Tafel

Blumen

Garderoben

Lieder

Milch

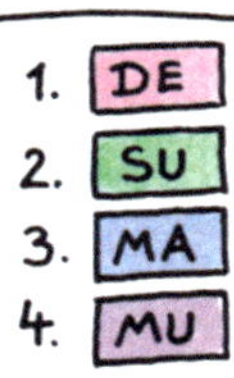

Stundenplan

Spielkisten

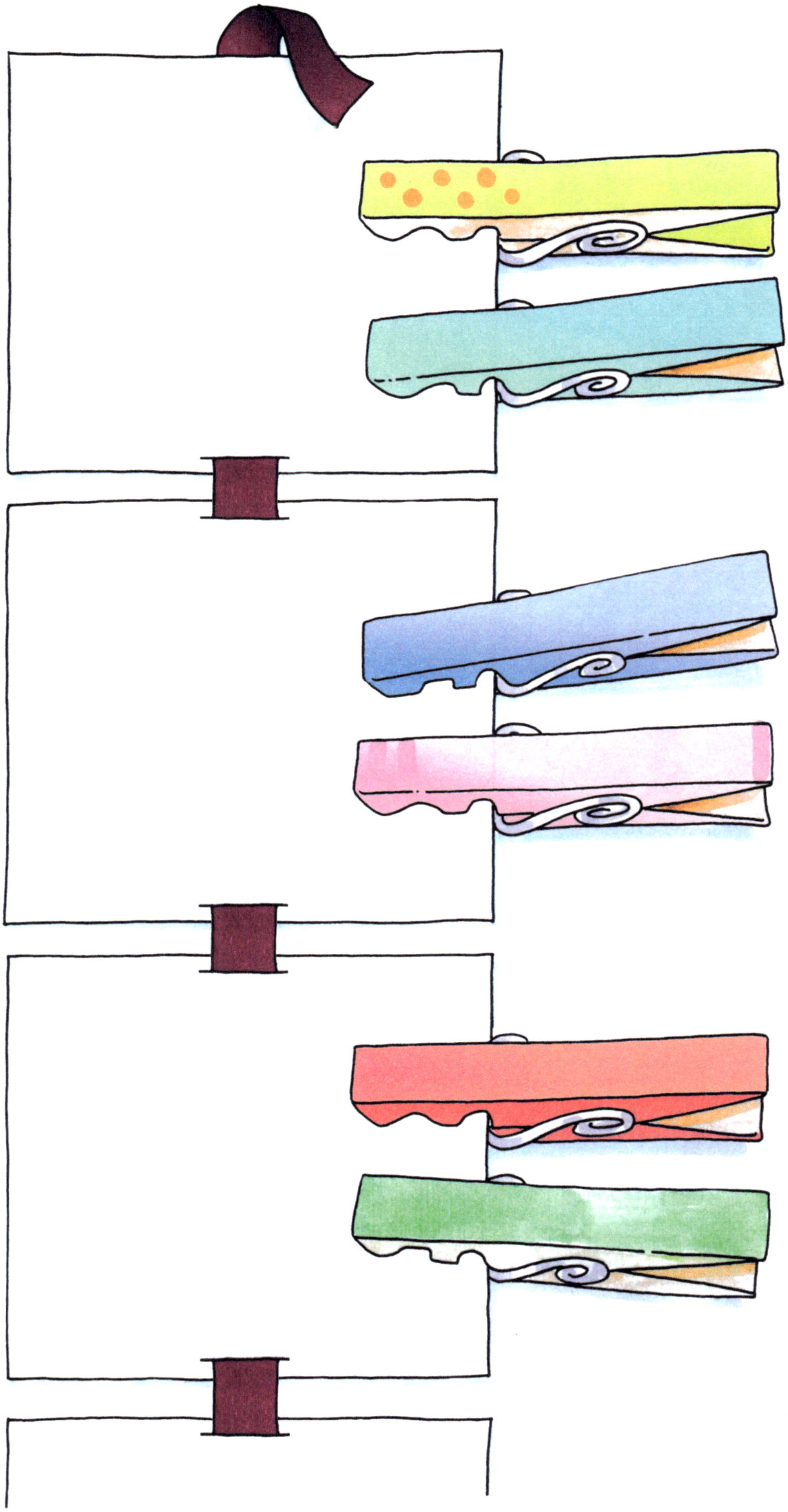

Heimrich, Heike

- Arten von Klassendiensten kennenlernen und deren Bedeutung für das Klassenleben klären.
- Klassendienste für die eigene Klasse erarbeiten: Jedes Kind schlägt drei wichtigen Dienste vor und malt seine Vorschläge in die Vorlagen. 2. Einen Wunschdienst auswählen. Seinen Namen und den Wunschpartner jeweils in eine Klammer schreiben. 3. Aus den Vorschlägen aller Kinder die Klassendienste vereinbaren.

Wer arbeitet in der Schule?

Illustrationen: Heimrich, Heike

- Die abgebildeten Berufe benennen und deren Aufgabenfelder beschreiben.
- Außen dargestellte Personen in der Mitte aufsuchen und entsprechend farbig markieren.
- Zu den abgebildeten Situationen erzähler (Räume, Menschen, Verhalten).
- M1 Ausmalen, Seite 4 und M3 Markieren, Seite 6.

Illustrationen: Heimrich, Heike

- Die eigene Schule erkunden. Ausgewählte Personen, die in der eigenen Schule arbeiten, aufsuchen und befragen.
- Aufgesuchte Personen in der Vorlage rechts unten dokumentieren lassen, zum Beispiel in Form von Stempel, Signum oder Aufkleber. Abschließend die Ausgangsfrage auf Seite 14 beantworten.

In der Pause

Heimrich, Heike

- Zur Abbildung erzählen. Das Verhalten der Kinder in der Pausensituation beschreiben und beurteilen durch Einzeichnen des entsprechenden Smileys (richtig – ☺ und falsch – ☹).
- Bezüge zur eigenen Pausengestaltung herstellen (Pausenorte, Spiele, Verhalten, Regeln).

erfreut	unsicher	nachdenklich	erschrocken	wütend

Illustrationen: Heimrich, Heike

- Zur Konfliktsituation oben erzählen. Die Mimik, Gestik sowie Gefühle der Personen deuten. Gefühle den Personen zuordnen durch Ausmalen des jeweiligen T-Shirts mit der entsprechenden Farbe.
- Pausenkiste einrichten nach Vorschlägen der Kinder. Vorschläge werden in die Vorlage gemalt oder geklebt.
- M1 Ausmalen, Seite 4

Miteinander lernen

Ich war spitze, weil …

Ich war gut, aber …

Ich muss mehr tun …

Illustrationen: Heimrich, Heike

- Zur Abbildung erzählen. Symbolik und Regeln für das Arbeiten mit einem Partner herausarbeiten.
- Weitere Formen des individuellen und kooperativen Lernens kennenlernen und notwendige Regelungen dafür vereinbaren.
- Die Einhaltung vereinbarter Regelungen individuell selbstreflektieren (siehe unten).

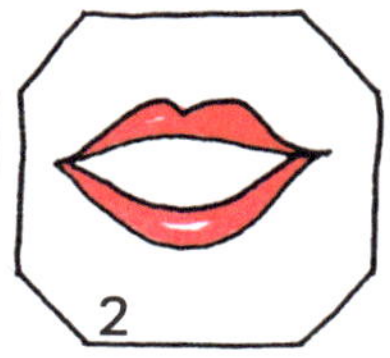

stock.adobe.com/pop_thailand

Einzelarbeit

stock.adobe.com/Kneschke, Robert

Partnerarbeit

stock.adobe.com/Schwier, Christian

Gruppenarbeit

Illustrationen: Heimrich, Heike

- Zur jeweiligen Sozialform Regelungen finden und in einer verabredeten Symbolik festlegen:
  ① Symbol für Sozialform in den Rahmen eintragen. ② Dafür jeweilige Regelungen (siehe oben) auswählen.
  ③ Entsprechende Regelung oder Ziffer rechts eintragen: (1 = ruhig sein; 2 = sprechen erlaubt;
  3 = zusammen arbeiten). Für alle Formen gilt: Ich melde mich, wenn ich eine Frage habe.

Medien nutzen

Illustrationen: Heimrich, Heike

- Die Abbildung betrachten und zu den Tätigkeiten der Kinder erzählen.
- Die Bezeichnungen der genutzten traditionellen und digitalen Medien erarbeiten.
- Erste Nutzungsregeln bezogen auf die konkrete Schul- bzw. Klassensituation entwickeln.

①

☐ Zeitschrift

③

☐ Fernseher

⑤

☐ Computer

②

☐ Tablet

④

☐ Plakat

⑥

☐ Buch

Die Kinder nutzen ____ ① ____ ② ____ ③ ____ ④ ____ ⑤ ____ ⑥ .

Illustrationen: Heinrich, Heike

- Das einzeln abgebildete Medium Seite 21 auf Seite 20 aufsuchen und dessen Buchstabenbezeichnung in das vorgesehene Feld übertragen. Alle übertragenen Buchstaben ergeben das Lösungswort.
- Die Kinder bringen ihre individuellen Medienerfahrungen ein. Sie drucken den Namen, malen oder kleben Bilder über Medien in die Vorlage, die sie bereits nutzen oder genutzt haben.

Das habe ich gelernt

1 Kreuze an, welches Verhalten richtig ist.

2 Ordne den Bildern die Berufe zu: **1 Hausmeister – 2 Raumpflegerin – 3 Sekretärin.** Trage die Zahlen in die Kreise ein.

3 Schreibe die Namen unter die Bilder: **Buch – Computer – Plakat.**

Illustrationen: Heimrich, Heike

- Die Aufgaben werden gemeinsam gelesen oder von der Lehrkraft vorgelesen. Fragen zum Verständnis der Aufgaben werden beantwortet. Die Aufgaben können voneinander getrennt gelöst werden.
- Die Überprüfung kann mit einem Lernpartner, gemeinsam in der Klasse oder mithilfe ausgelegter Lösungsblätter vorgenommen werden.

Was gehört zur Körperpflege?

Illustrationen: Hagemann, Antje

- Bilder betrachten und besprechen. Gegenstände, die für die Körperpflege benutzt werden, ankreuzen lassen.
- Die Kinder können einen Körperpflegeartikel unten rechts durch Einzeichnen ergänzen.
- Die Notwendigkeit von Körperpflege besprechen.

Hände richtig gewaschen.

① anfeuchten, einseifen

② innen

③ außen

④ zwischen den Fingern

⑤ abspülen

⑥ abtrocknen

Die Kleidung regelmäßig wechseln.

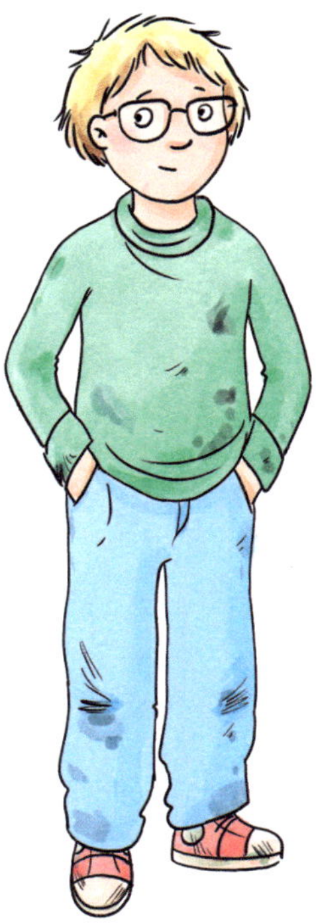

Schmutzige Wäsche wechseln.

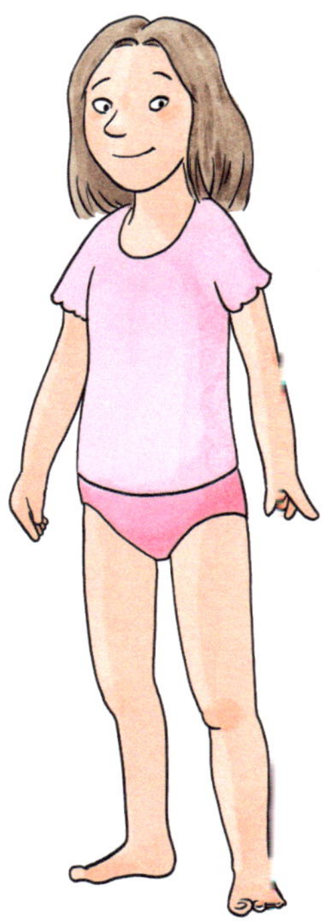

Unterwäsche jeden Tag wechseln.

Sich in sauberer Kleidung wohl fühlen.

- Die Wichtigkeit des Händewaschens besprechen. Fehlende Bilder auf Seite 81 ausschneiden, zuordnen und einkleben.
- Die Notwendigkeit des Kleiderwechsels besprechen. Das Kind in sauberer Wäsche ausmalen.
- M4 Ausschneiden, Seite 7

Unsere Zähne

Wir unterscheiden Zähne:

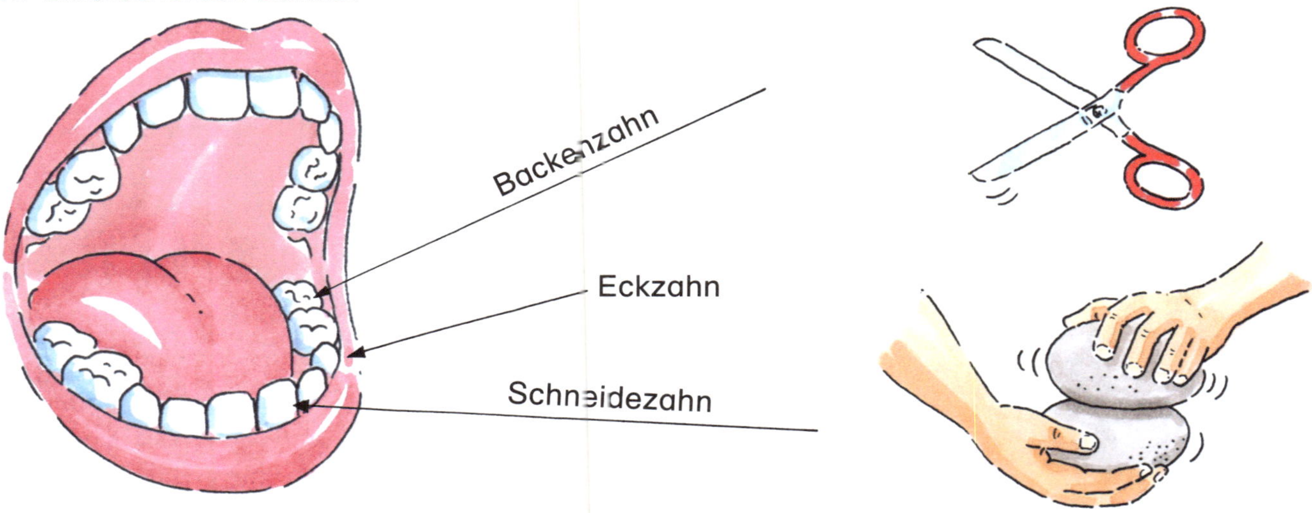

Mein Milchgebiss

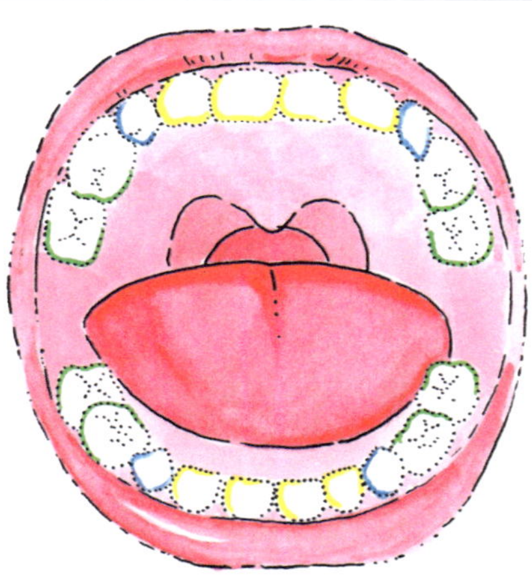

		Anzahl:	Meine Anzahl:
oben	**Oberkiefer**	oben:	oben:
	Schneidezähne		
	Eckzähne		
	Backenzähne		
unten	**Unterkiefer**	unten:	unten:
	Schneidezähne		
	Eckzähne		
	Backenzähne		

Illustrationen: Heimrich, Heike

- Bilder betrachten und von eigenen Erfahrungen erzählen. Mithilfe eines Spiegels die eigenen Zähne anschauen.
- Einzelne Zahnformen erkennen, anmalen und zählen.

Ein Zahn wächst nach.

Richtiges Zähneputzen mit KAI (**K**aufläche, **A**ußenfläche, **I**nnenfläche) –
Dauer: drei Minuten

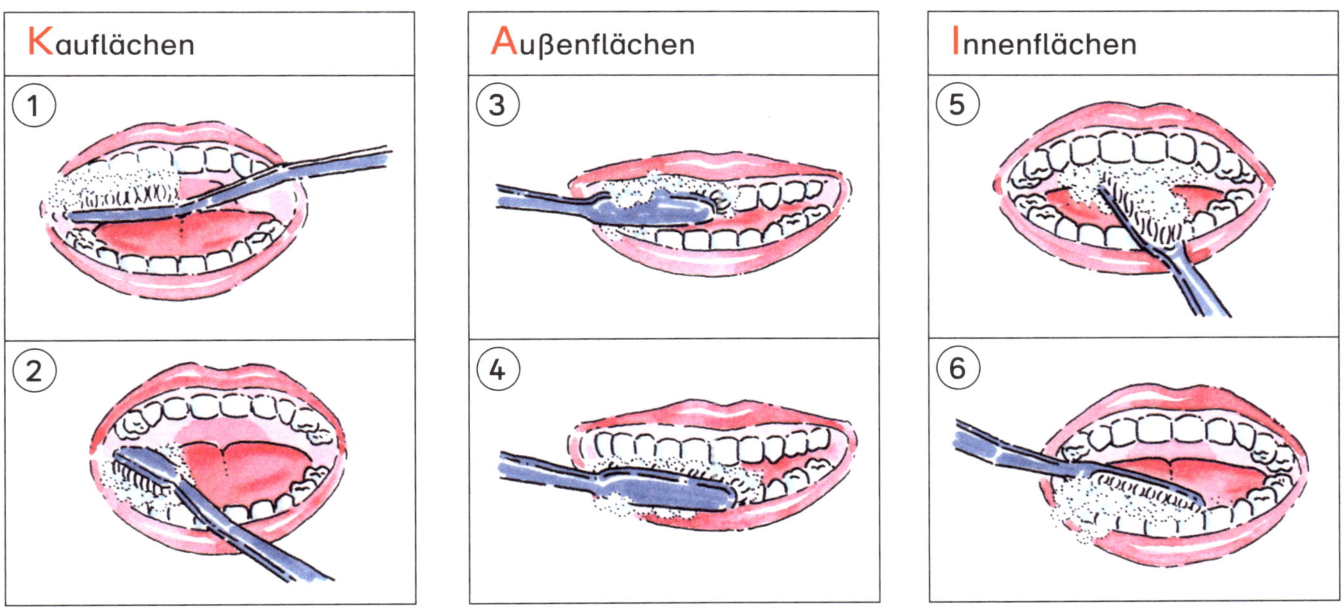

- Den Zahnwechsel besprechen und fehlende Bilder auf Seite 83 ausschneiden, einkleben und nummerieren.
- Den Ablauf des Zähneputzens nach der KAI-Methode (Kauflächen, Außenseiten, Innenseiten) besprechen.
- Über die Bedeutung der SOS-Zahnbox sprechen.
- M4 Ausschneiden, Seite 7

Lernen und Bewegung

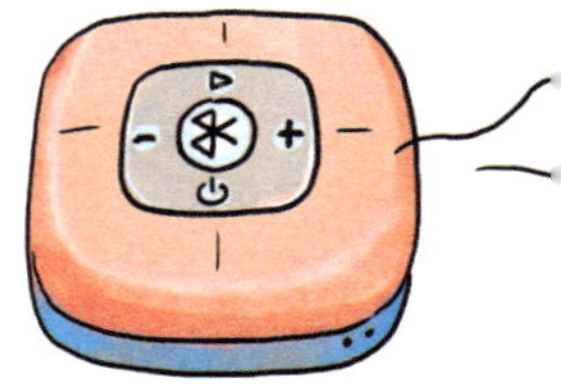

Das ist mein Daumen,
schau mal her.
Er hat einen Bruder,
das ist der.
Zwei Daumen habe ich,
sie tanzen hin und her,
und wenn sie sich verstecken,
siehst du sie nicht mehr.

Hedi und Werner Reinelt

- Arbeits- und Entlastunghaltungen beim Schreiben, Lesen und Zuhören betrachten, ausführen und zunehmend selbstständig nach Bedarf anwenden.
- Die einzelnen Abbildungen in ihrer Bedeutung klären und deren Anwendung für den Unterricht vereinbaren.
- „Aktive Pausen“ gestalten und ritualisieren.

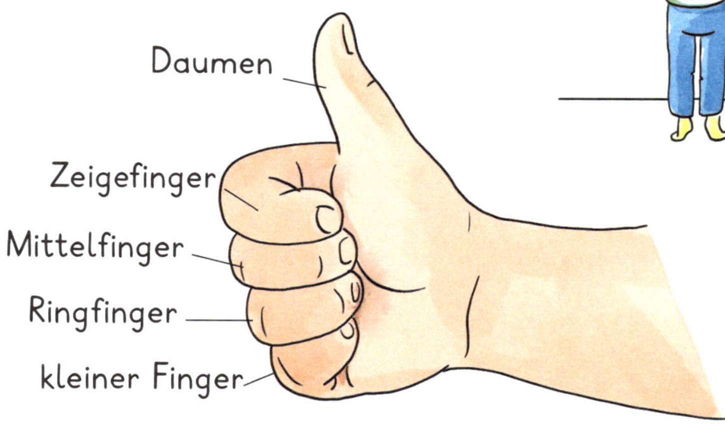

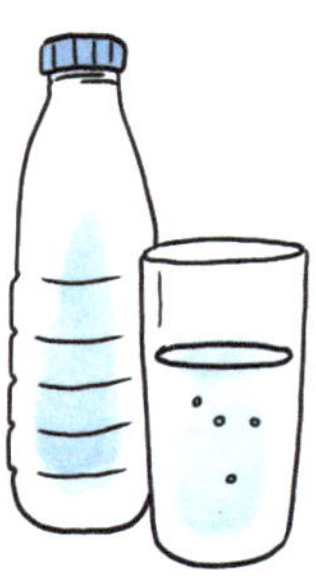

- Umsetzen des Fingerspiels und auf alle anderen Finger übertragen. In der richtigen Abfolge die Abbildungen des Fingerspiels nummerieren. Weitere Lockerungsübungen durchführen.
- Nach angespannten Unterrichtsphasen „Auflockerungsgymnastik-Station“ spielerisch einsetzen und modifizieren. Kinder setzen die gewürfelte Bildvorlage in eigene Bewegung um.

Das habe ich gelernt

1 Betrachte die Bilder. Ordne sie in die richtige Reihenfolge.
Trage die Zahlen 1 bis 6 ein.

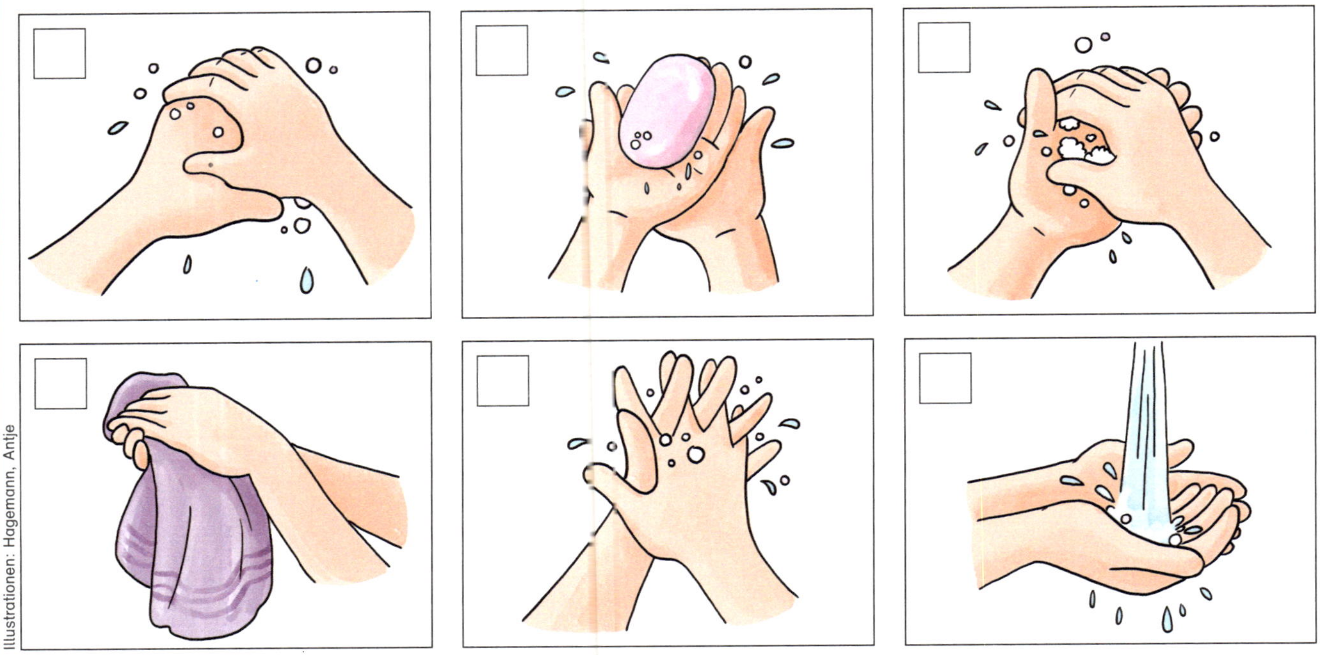

Illustrationen: Hagemann, Antje

2 Was gehört zur Körperpflege? Kreuze an.

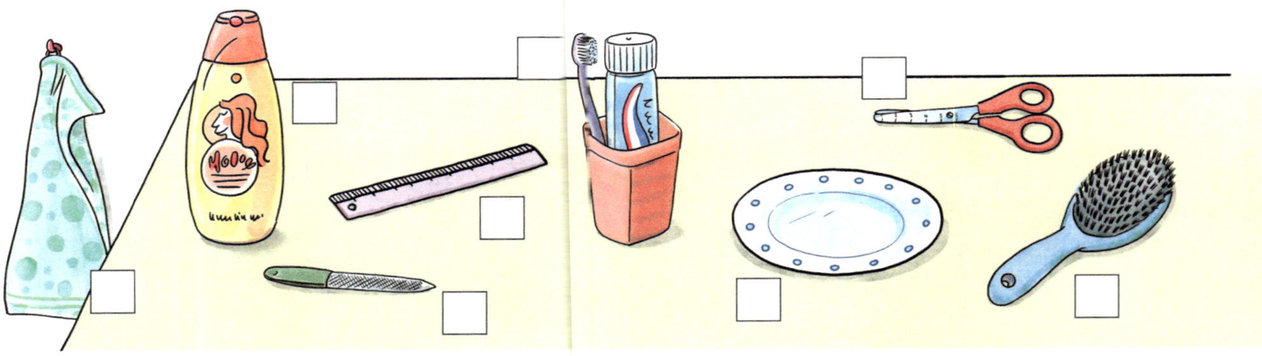

Hagemann, Antje

3 Ordne die Namen den Zähnen zu. Verbinde.

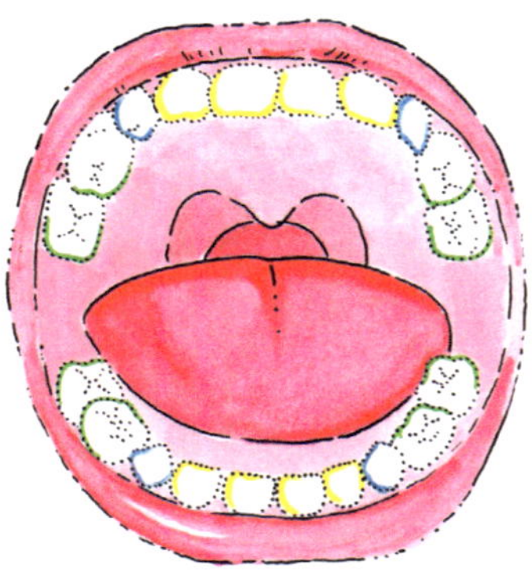

Heimrich, Heike

Schneidezahn

Backenzahn

Eckzahn

- Die Aufgaben werden gemeinsam gelesen oder von der Lehrkraft vorgelesen. Fragen zum Verständnis der Aufgaben werden beantwortet. Die Aufgaben können voneinander getrennt gelöst werden.
- Die Überprüfung kann mit einem Lernpartner, gemeinsam in der Klasse oder mithilfe ausgelegter Lösungsblätter vorgenommen werden.

GRUNDSCH

Die vier Jahreszeiten

Frühling

Eichhörnchen werden im Frühjahr geboren.

Sommer

Eichhörnchen können gut klettern und springen.

- Die Jahreszeiten am Beispiel des Baumes und der Aktivitäten der Kinder besprechen und vergleichen. Die wichtigsten Gemeinsamkeiten und Unterschiede nennen.
- Die weißen Flächen in den Abbildungen ausmalen lassen.
- M1 Ausmalen, Seite 4

Herbst

stock.adobe.com/Phimak

Stotz, Imke

stock.adobe.com/Hana

Eichhörnchen vergraben Futter
für den Winter

Winter

stock.adobe.com/Phimak

Stotz, Imke

OKAPIA KG · Michael Grzimek & Co/Reinhard, Hans

Eichhörnchen halten Winterruhe.

- Die Fotos des Eichhörnchens betrachten und beschreiben. Die Texte zu den Bildern erlesen und vorlesen. Die Lebensweise des Eichhörnchens in den vier Jahreszeiten besprechen (Lebensraum, Nahrung, Winterruhe).

Kleintiere in unserer Umgebung

- Betrachten und beschreiben des Bildes.
- Aufsuchen, benennen und beschriften der Tiere im Bild.

1 Ordne die Namen richtig zu. Trage ein:

Ameise – Amsel – Biene – Ente – Frosch – Igel – Maus – Spinne.

Der Igel

stock.adobe.com/Anney

Igel leben in Gärten, Parks und am Waldrand. Igel können gut hören und riechen.

stock.adobe.com/inkevalentin

Igel fressen oft Schnecken, Käfer, Raupen, Regenwürmer und Spinnen.

stock.adobe.com/thanisnan

Igel werden mit Stacheln geboren. Zur Geburt sind die Stacheln noch weich und weiß.

stock.adobe.com/Grimm, Martin

Igel rollen sich bei Gefahr ein und werden zu einer Stachelkugel.

Am Tag brauchen Igel ein Versteck.

Stotz, Imke

- Betrachten und beschreiben der Fotos.
- Erlesen oder vorlesen der Texte zu den Bildern.
- Finden und Nachspuren des richtigen Weges zum Igelversteck.

Im Winter halten Igel Winterschlaf.

iStockphoto.com/DieterMeyrl

1 Markiere, was Igel fressen.

Ideen zum Thema Igel

Illustrationen: Stotz, Imke

- Betrachten des Fotos und erschließen des Textinhaltes.
- Betrachten der Auswahl. Erarbeiten, was Igel fressen bzw. nicht fressen.
- Finden weiterer Ideen und Handlungsprodukte zum Thema „Igel“ im Unterrichtsgespräch.

Vögel in unserer Umgebung

stock.adobe.com/Perkowski, Marcin

mauritius images GmbH/imagebroker/ Floreth, Armin

mauritius images GmbH/imagebroker/ Gigerichova, Lydie

1 Male die Kohlmeise und die Blaumeise naturgetreu an.

Kohlmeise **Blaumeise**

Illustrationen: Atelier Symbiota

- Fotos der Vögel betrachten, miteinander vergleichen, Gemeinsamkeiten, Unterschiede nennen.
- Vögel auf den Fotos im oberen Bild finden und mit der gleichen Farbe markieren.
- Kohlmeise und Blaumeise naturgetreu ausmalen. Mit Strichen die Beschriftung auch der Blaumeise zuordnen.

stock.adobe.com/gebut

fotolia.com/kart31

OKAPIA KG - Michael Grzimek & Co./ Wernicke, Dr. Peter

2 Bau zur Vogelbeobachtung eine Vogeltränke.

Du brauchst:

Illustrationen: Atelier Symbiota

- M1 Ausmalen, Seite 4
- M3 Markieren, Seite 6

Frühblüher

Stotz, Imke

Der Winter geht zu Ende. Die ersten Pflanzen blühen. Deshalb werden sie Frühblüher genannt.

Tönnies, Frauke

1 Ordne die Namen richtig zu. Trage ein: **Krokus – Narzisse – Tulpe**.

Tönnies, Frauke

___ ___ ___ ___ ___ ___

Tönnies, Frauke

___ ___ ___ z ___ ___ ___ ___

Tönnies, Frauke

____

- Gemeinsame Bildbetrachtung oben, entdecken und beschreiben der Erscheinungen im Frühling.
- Vorbereiten eines Unterrichtsganges.
- Erkennen, beschreiben, benennen und beschriften der Frühblüher.

Das Schneeglöckchen

Stotz, Imke

Blatt

Blüte

Stängel

Zwiebel

Wurzel

Stotz, Imke

- Betrachten und beschreiben der Pflanze, Teile benennen und mit Strichen zuordnen.
- Entwicklung des Schneeglöckchens besprechen und die fehlenden Abbildungen der Entwicklungsstadien auf Seite 83 ausschneiden und in der richtigen Reihenfolge aufkleben.
- M4 Ausschneiden und kleben, Seite 7

Der Apfel

1 Frühling: Blüte

2 Sommer: kleine Äpfel

3 Herbst: große reife Äpfel

4 Winter: Knospen

Fotos: stock.adobe.com/FotoHelin

1 Erkunde, welche Apfelsorte du gerne isst.

2 Schreibe den Namen auf. Male den Apfel an.

Fuhrmann, Gisela

- Besprechen der Abbildungen des Apfelbaumes in den vier Jahreszeiten. Die Bilder auf Seite 83 ausschneiden, zuordnen und aufkleben.
- Apfelsorten benennen und vergleichen. Ausmalen und beschriften der Lieblingsapfelsorte.
- M4 Ausschneiden und kleben, Seite 7

Wir untersuchen einen Apfel

Ihr braucht:

Der Apfel im Längsschnitt

Schneide so:

Skizziere:

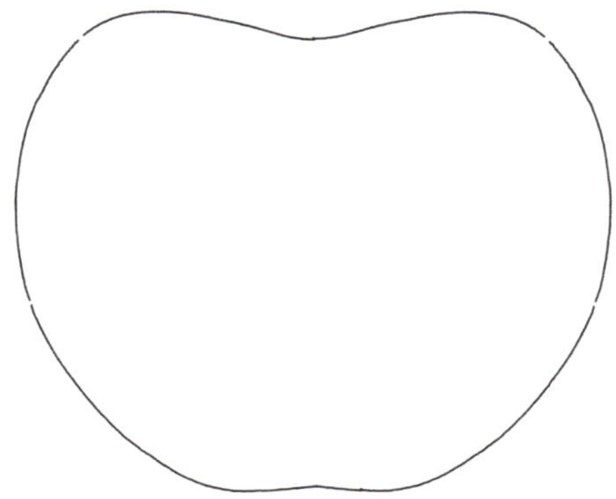

Der Apfel im Querschnitt

Schneide so:

Skizziere:

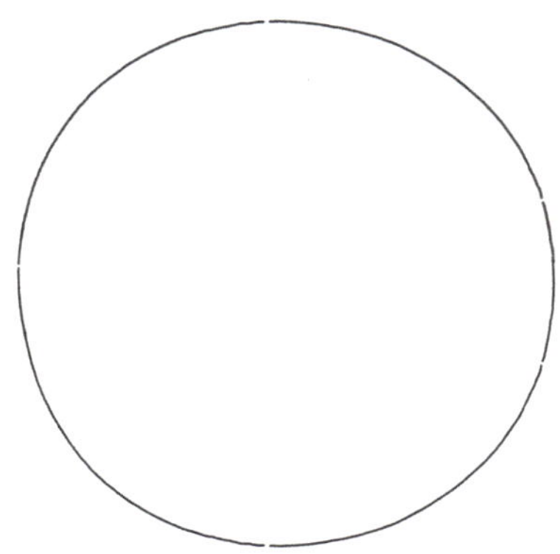

Apfelsaft

Apfelchips

Apfelmus

Apfelkuchen

Illustrationen: Fuhrmann, Gisela

- Zerschneiden von zwei Äpfeln, untersuchen von Kerngehäuse und Kernen mit der Lupe.
- Skizzieren des Inneren der Äpfel in der Abbildung daneben mit Bleistift.
- Benennen der Apfelprodukte, ankreuzen, was bekannt ist und einkreisen der Lieblingsprodukte.

Blätter und Früchte

Tönnies, Frauke

Tönnies, Frauke

Stotz, Imke

- Mithilfe der oberen Fotos die Herbstfärbung der Blätter und den Blattfall besprechen. Gesammelte Blätter und Früchte mit der Abbildung vergleichen, zuordnen und bestimmen.
- Einen eigenen Ausstellungstisch gestalten und Klappkarten anfertigen.
- M5 Präsentieren, Seite 8

Eiche

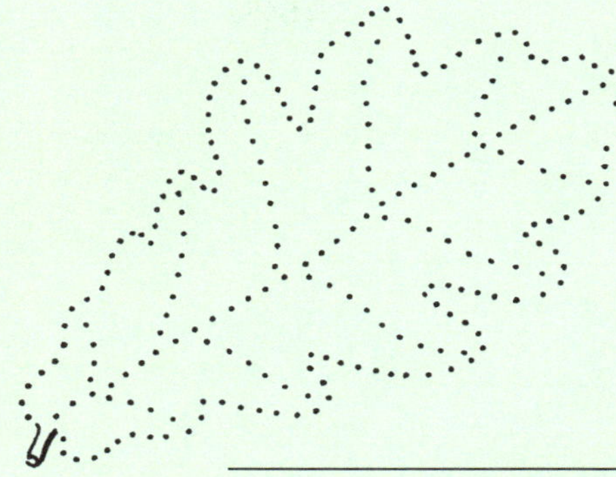

Ahorn

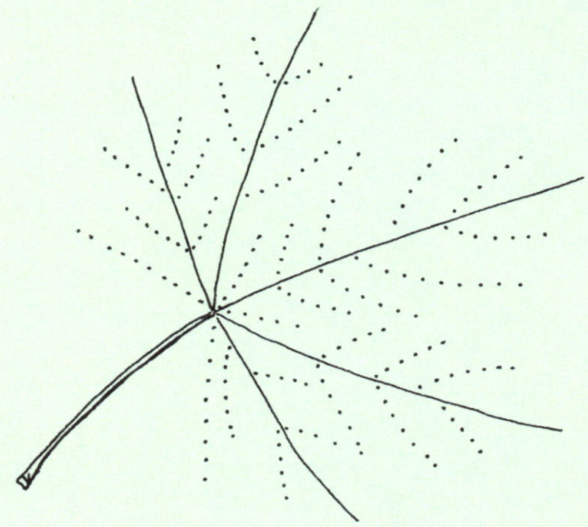

Linde

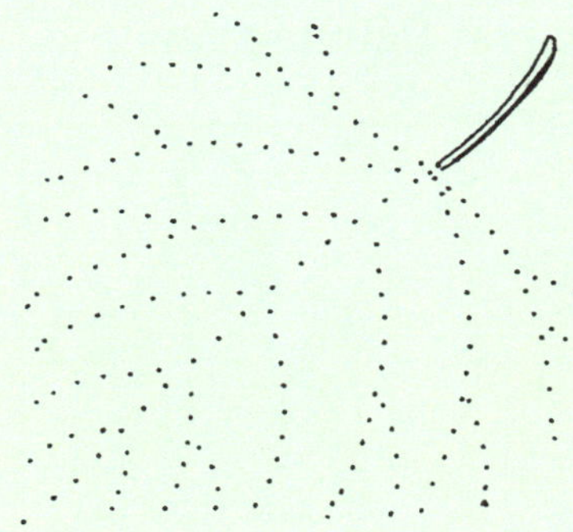

Buche

- Blattformen der verschiedenen Blätter auf den Klappkarten betrachten und vergleichen.
- Das obere Punktbild nachzeichnen. Dann die beiden folgender Blattformen nachzeichnen.
- Das Buchenblatt mithilfe der Vorlage frei Hand skizzieren.

Unser Schulgarten

Regeln im Schulgarten

1. Trage eine Schürze und feste Schuhe.

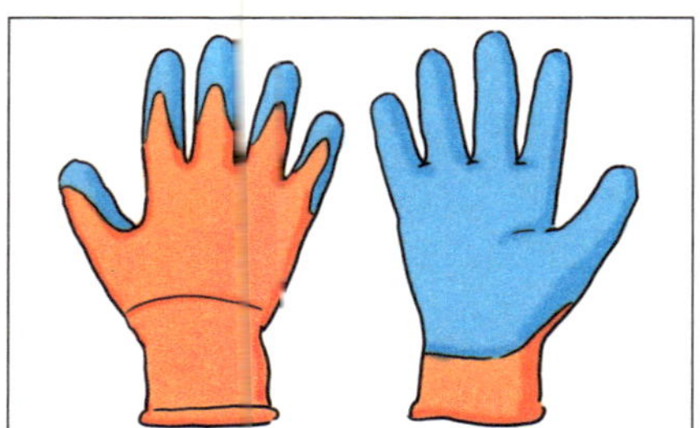

2. Schütze deine Hände.

3. Gehe sorgsam mit den Geräten um.

4. Sei achtsam.

5. Säubere die Geräte.

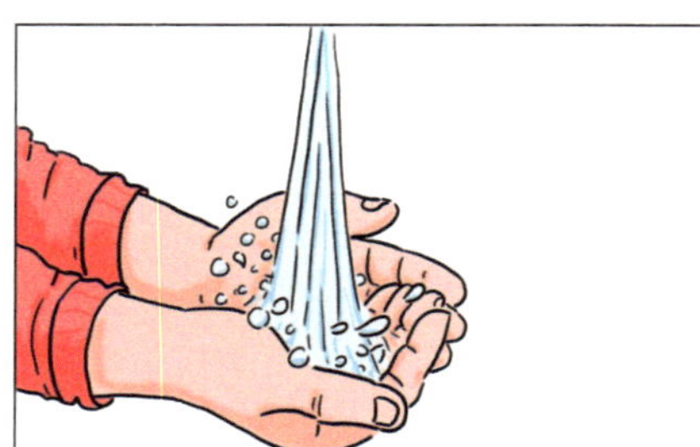

6. Wasche deine Hände.

- Erarbeiten einer Klassenschulgartenordnung mithilfe der abgebildeten Regeln.
- Zu Beginn nicht mehr als drei bis fünf Regeln vereinbaren.

1 Lies die Namen. Trage die Zahlen in die Kreise ein.

(1) Gartenschnur (2) Gießkanne (3) Hacke (4) Handgrubber

(5) Harke (6) Pflanzholz (7) Pflanzschaufel

Im Schulgarten gibt es viel zu tun.

○ Frühjahr
○ Sommer
○ Herbst
○ Winter

○ Frühjahr
○ Sommer
○ Herbst
○ Winter

○ Frühjahr
○ Sommer
○ Herbst
○ Winter

○ Frühjahr
○ Sommer
○ Herbst
○ Winter

○ Frühjahr
○ Sommer
○ Herbst
○ Winter

○ Frühjahr
○ Sommer
○ Herbst
○ Winter

Illustrationen: Stotz, Imke

- Den Gartengeräten die richtige Zahlen zuordnen. Die Geräte in der Abbildung auf Seite 46 finden.
- Die Arbeiten den einzelnen Jahreszeiten zuordnen und markieren. Mehrfache Zuordnungen sind möglich.
- M3 Markieren, Seite 6

Das habe ich gelernt

1 Ordne die Jahreszeit zu. Markiere mit Buntstiften.

Frühling Sommer Herbst Winter

Fotos: Tönnies, Frauke

 ☐
 ☐
 ☐
 ☐

2 Verbinde jedes Laubblatt mit der richtigen Frucht.

3 Kreuze an, was ein Igel frisst.

Illustrationen: Atelier Symbiota

☐  ☐  ☐ 

☐  ☐  ☐ 

- Die Aufgaben werden gemeinsam gelesen oder von der Lehrkraft vorgelesen. Fragen zum Verständnis der Aufgaben werden beantwortet. Die Aufgaben können voneinander getrennt gelöst werden.
- Die Überprüfung kann mit einem Lernpartner, gemeinsam in der Klasse oder mithilfe ausgelegter Lösungsblätter vorgenommen werden.

Bielz, Christine

Die Sonne bringt Licht und Wärme

Illustrationen: Schmiedeskamp, Katja

1 Ordne zu. Trage die Namen ein: **Blitz – Fackel – Feuer – Kerze – Lampe – Sonne.**

Natürliche Lichtquellen

PantherMedia GmbH (panthermedia.net)/ Divizia, Claudio

S ___ ___ ___ ___

stock.adobe.com/yevgeniy11

B ___ ___ ___ ___

stock.adobe.com/fotoXS

F ___ ___ ___ ___

Künstliche Lichtquellen

stock.adobe.com/Oleg

L ___ ___ ___ ___

stock.adobe.com/Maxime

F ___ ___ ___ ___ ___

stock.adobe.com/Pixel Embargo

K ___ ___ ___ ___

- Die Tag- und Nachtszene oben vergleichen. Unterschiede nennen lassen.
- Natürliche und künstliche Lichtquellen benennen.
- Die Begriffe zuordnen und eintragen.

Was die Sonne alles kann

Illustrationen: Schmiedeskamp, Katja

- Zum oberen Bild erzählen, was Licht und Wärme der Sonne bewirken.
- Mithilfe des Bildes den notwendigen Schutz des Körpers vor UV-Strahlung und Wärme besprechen.
- Die unten dargestellten Situationen oben im Bild finden und entsprechend ausmalen. Die Situationen erläutern lassen, zum Beispiel: Die Pflanze muss gegossen werden. ● M1 Ausmalen, Seite 4

Licht und Schatten

Schattenspiele

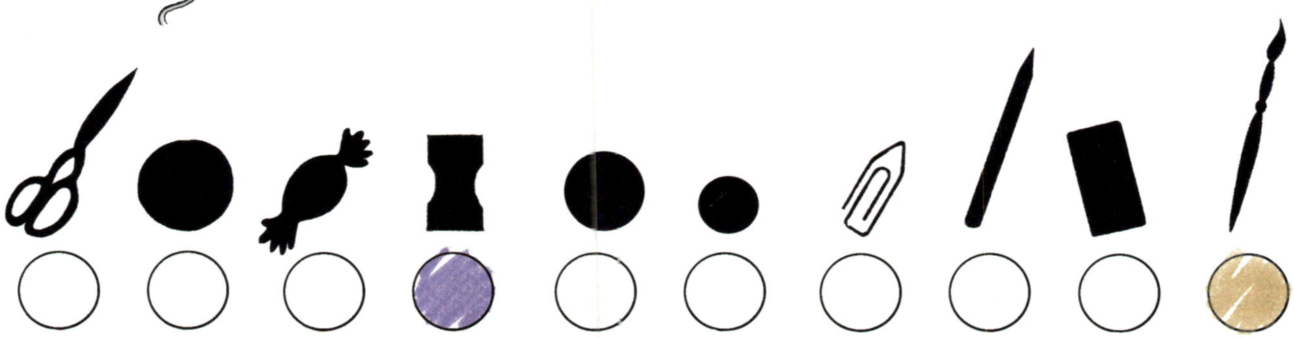

Illustrationen: Schmiedeskamp, Katja

- Bild besprechen, die falschen Schatten markieren. Schattenspiele im Freien durchführen und sich gegenseitig vorstellen. Schatten mit Kreide nachzeichnen.
- Dem Gegenstand den richtigen Schatten zuordnen. Den Kreis mit der Farbe des Gegenstandes ausmalen.
- M1 Ausmalen, Seite 4 und M3 Markieren, Seite 6

Wohin fällt der Schatten?

1 Wann wird der Schatten lang? Wann wird er kurz?

Gegenstände und Licht

2 Prüfe die Gegenstände.
Kreuze in der Tabelle an.

Gegenstand	lässt Licht nicht durch	lässt Licht durch	wirft Licht zurück
Buch 			
Spiegel 			
Glas 			

- Bild oben: Veränderungen des Schattens beschreiben. Veranschaulichung der Beziehung zwischen der Position von Lichtquelle und Gegenstand und Form und Größe des Schattens.
- Lichtdurchlässige und -undurchlässige Gegenstände kennenlernen, Vermutung äußern.
- Versuch durchführen, eigenen Gegenstand wählen und ausprobieren, Ergebnisse austauschen.

Wir beobachten das Wetter

Tönnies, Frauke

Tönnies, Frauke

Tönnies, Frauke

Tönnies, Frauke

stock.adobe.com/georgeion88

Tönnies, Frauke

fotolia.com/Schauer, Marcel

stock.adobe.com/by-studio

- Die Fotos betrachten und die Bildinhalte beschreiben.
- Für jede Wettererscheinung ein Symbol entwickeln und in die freien Felder der Fotos einzeichnen.

Bewölkung		
sonnig	bewölkt	stark bewölkt

Wind		
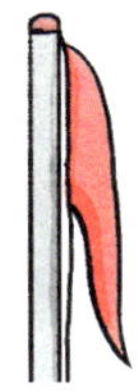		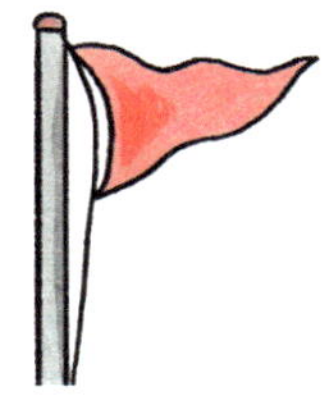
windstill	Wind	Sturm

Niederschlag		
Regen	Schnee	Hagel

Illustrationen: Schmiedeskamp, Katja

1 Beobachtet das Wetter eine Woche lang. Tragt die Beobachtungen in die Tabelle ein. Benutzt eure Wettersymbole.

	Montag	Dienstag	Mittwoch	Donnerstag	Freitag
Bewölkung					
Niederschlag					
Wind					

- Das Wetter eine Schulwoche lang beobachten.
- Die eigenen Wettersymbole von Seite 54 zunächst in die Übersicht oben übertragen und dann täglich in die Wettertabelle eintragen.

Was sollen die Kinder anziehen?

- Über passende Kleidung entsprechend der Jahreszeit sprechen.
  Die Abbildungen auf Seite 85 ausschneiden, zuordnen, einkleben und weiße Flächen ausmalen.
- M1 Ausmalen, Seite 4 und M4 Ausschneiden und einkleben, Seite 7

Sehen und gesehen werden

Reflektoren werfen Licht zurück.

- Über die Sichtbarkeit von dunklen, hellen und leuchtenden Farben in der Dunkelheit sprechen.
- Die weißen Figuren mit hellen und leuchtenden Farben anmalen.
- Die Wirkung von Reflektoren ausprobieren und besprechen. Die weißen Reflektorflächen in der Zeichnung mit hellen und leuchtenden Farben ausmalen. ● M1 Ausmalen, Seite 4

Das habe ich gelernt

1 Betrachte die Schatten. Male in jedem Bild die Lampe an, die den Schatten wirft.

Illustrationen: Schmiedeskamp, Katja

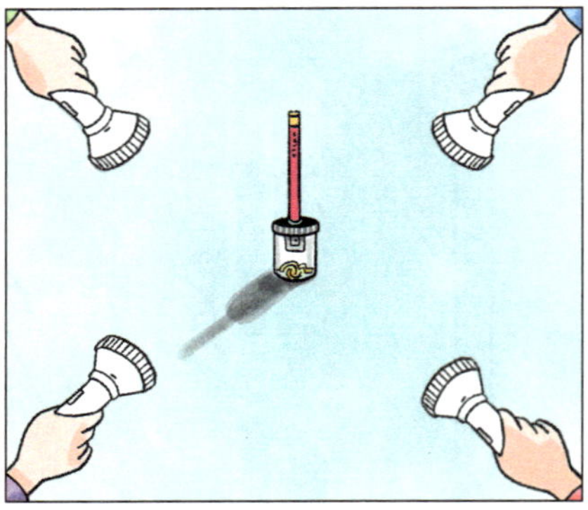

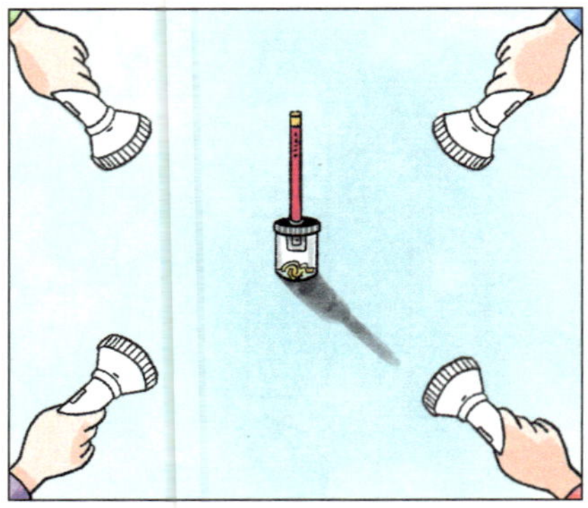

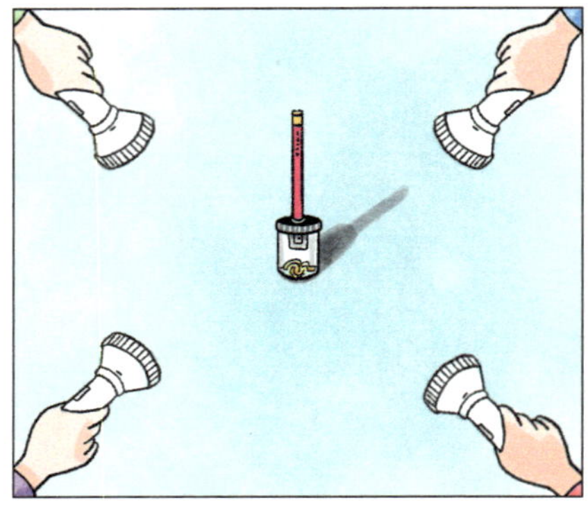

2 Schreibe die richtigen Namen unter die Fotos: **Regen – Schnee – Wind**.

Tönnies, Frauke

stock.adobe.com/balakleypb

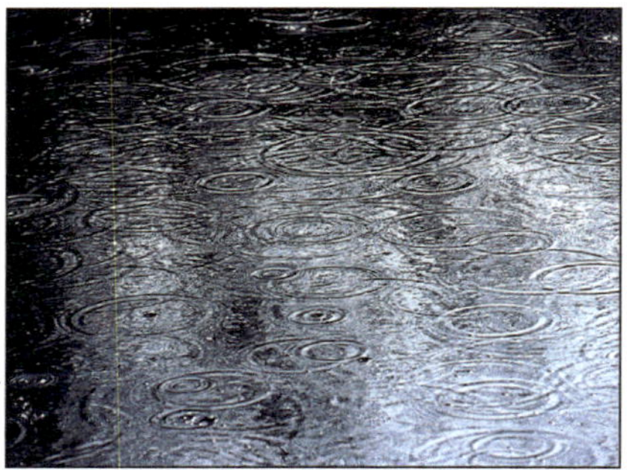

Tönnies, Frauke

______________________ ______________________ ______________________

3 Welche Kinder sind nicht richtig angezogen? Markiere.

Schmiedeskamp, Katja

- Die Aufgaben werden gemeinsam gelesen oder von der Lehrkraft vorgelesen. Fragen zum Verständnis der Aufgaben werden beantwortet. Die Aufgaben können voneinander getrennt gelöst werden.
- Die Überprüfung kann mit einem Lernpartner, gemeinsam in der Klasse oder mithilfe ausgelegter Lösungsblätter vorgenommen werden.

Bietz, Christine

Links – Rechts – Geradeaus

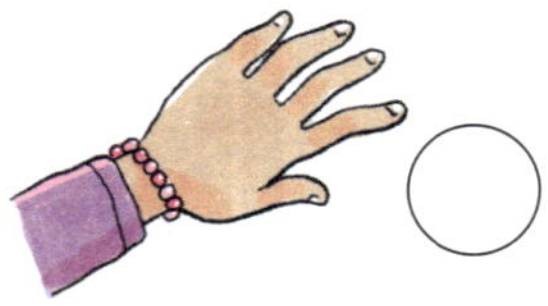

- Mit einem Buntstift die eigene linke oder rechte Hand umfahren.
- Die Abbildungen gemeinsam deuten. Rechts, links und geradeaus in den Situationen erkennen, und markieren. (links = L oder blau ausmalen; rechts = R oder rot ausmalen; geradeaus = G oder gelb ausmalen).
- M1 Ausmalen, Seite 4 und M3 Markieren, Seite 6

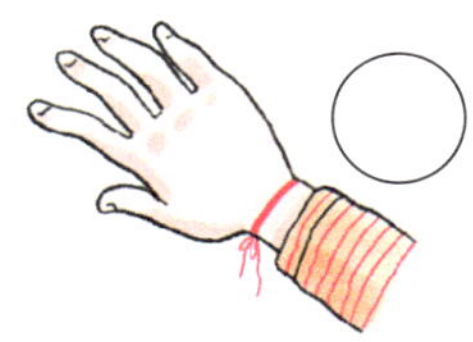

■ Perspektivwechsel in der unteren Reihe zum differenzierten Einsatz mit erhöhtem Schwierigkeitsgrad.

Oben, unten und noch mehr

Heimrich, Heike

1 In den Bilderrahmen links und rechts sind Katzenbilder.
Finde die Katzen im großen Bild.

- Das Bild gemeinsam betrachten und besprechen.
- Situationen im Bild aufsuchen und dazu Lagebeziehungen angeben: Oben, unten, links (neben), rechts (neben), vor, hinter, Erdgeschoss, Mittelgeschoss (1. Stock), Obergeschoss.

2 Suche diese Uhren im großen Bild.

① ② ③ ④

▪ Die Lage von Personen und Gegenständen genau beschreiben, z. B. die Uhr ② hängt links von einem Bild; die Hausnummer hängt rechts von der Haustür; das Kind mit dem grünen T-Shirt steht im Treppenhaus im 1. Stock.

Illustrationen: Heimrich, Heike

Schulwege

Bietz, Christine

■ Die Kinder sollen die Schulwege von drei Kindern finden und deren Schulweg mit der verschiedenen Farbe einzeichnen. Sofia soll auf dem Weg zur Schule die Straße an der Ampel überqueren. Mia nutzt für ihren Schulweg den Fußgängerüberweg. Leon muss die Straße auf dem Weg zur Schule frei überqueren.

● M3 Markieren, Seite 6

HORT
BLUMEN
Leon

Gefährliche und sichere Spiele

Bietz, Christine

- Gefährliche Situationen erkennen und beurteilen. Die gefährlichen Situationen (Ball rollt auf die Straße; Kind beim Fangenspielen auf der Straße; ein Kind fährt Roller auf der Straße) finden und beurteilen.
- Die Abbildungen auf Seite 85 ausschneiden und falsche Verhaltensweisen überkleben.
- M4 Ausschneiden und kleben, Seite 7

An der Ampel

3

2

1

- Bild 1: Das Verhalten der Verkehrsteilnehmer an der roter Ampel besprechen. Bei Rot bleibe stehen.
- Bild 2: Die grüne Ampel heißt für die Verkehrsteilnehmer: erst schauen, dann gehen.
- Bild 3: Die Ampel hat wieder auf „Rot" umgeschaltet. Die Fußgänger aus Bild 1 und 2 setzen ihren Weg auf dem Fußweg fort.

Bietz, Christine

■ Regeln beim Warten an der Ampel besprechen. Das Verhalten der wartenden Kinder bewerten. Auf Seite 87 die Ausschneideelemente ausschneiden. Zuerst das große Bild oben an der blauen Linie mit Klebestreifen ankleben. Dann die Ampel und das Mädchen aufkleben. Regeln beim Überqueren besprechen. Das Verhalten der Kinder bewerten. Das große Bild nach oben klappen, sodass alle Kinder auf dem Fußweg sind.

Am Fußgängerüberweg

Bietz, Christine

- Das Überqueren an einem Fußgängerüberweg besprechen: Blickkontakt aufnehmen – warten bis das Fahrzeug angehalten hat und kein Gegenverkehr kommt – dann die Fahrbahn betreten und zügig überqueren. Auf Seite 87 die Ausschneideelemente ausschneiden, zuordnen und aufkleben. Durch Klappen der Kinder vor dem Überweg kann das Nach-links- und Nach-rechts-Schauen nachvollzogen werden.

Zwischen parkenden Autos die Straße überqueren

Bietz, Christine

6. Den Weg fortsetzen.

5. Weiter gehen und nach ◯ rechts sehen.

4. Ab der Straßenmitte nach ◯ rechts sehen.

3. Weiter gehen und nach ◯ links sehen.

2. Nach
   ◯ links
   ◯ rechts
   ◯ links
   sehen.

1. Vorsichtig vortreten.

- Die Kinder eindringlich darauf hinweisen, dass diese Form die Straßen zu überqueren gefährlich ist und nur erfolgt, wenn keine Ampel oder Fußgängerweg in der Nähe vorhanden ist.
- Die einzelnen Schritte besprechen und für links die Kreise blau und für rechts die Kreise rot ausmalen.
- M3 Markieren, Seite 6

Mit Bus oder Auto unterwegs

Illustrationen: Bietz, Christine

- Oben: Die Verkehrssituation um den Schulbus besprechen. Die Kinder benennen, die sich verkehrswidrig verhalten. Danach Kinder mit richtigem Verhalten farbig ausmalen.
- M1 Ausmalen, Seite 4

Illustrationen: Bietz, Christine

- Unten: Die Szenen besprechen.
- Zum Verhalten der Kinder Stellung nehmen und im Kreis mit dem entsprechenden Smiley beurteilen.

Mein Tagesablauf

Bens Tag – das hat Ben heute erlebt.

Morgen

Vormittag

Mein Tag – das habe ich gestern erlebt.

Name: ____________________

Datum: ____________________

1 Erzähle, was Ben am Morgen, am Vormittag, am Mittag, am Nachmittag und am Abend erlebt hat.

- Den abgebildeten Tagesablauf besprechen. Die Begriffe Tag und Nacht klären.
- Die Bedeutung von Tag und Nacht auf den Tagesablauf der Menschen und der Tiere herausstellen.

Mittag

Nachmittag

Abend

Illustrationen: Heimrich, Heike

2 Was hast du gestern erlebt? Male deine Erlebnisse in die leeren Felder.
Trage das Datum von gestern und deinen Namen ein.

- Die Begriffe Morgen, Vormittag, Mittag, Nachmittag und Abend besprechen. Den Zusammenhang dieser Begriffe mit der Zeit herstellen (Der Mittag ist die Mitte des Tages.).
- Darauf hinweisen, dass jeder Tag einmalig ist und sich nicht wiederholt.

Die Woche

Mia

Leon

	Montag	Dienstag	Mittwoch
Mia	 Ballett	 Tennis	 Flöte
Leon		 Fußball	 Chor

Name:

Datum:

Das haben Leon und Mia in der Woche an den Nachmittagen vor.

1 Betrachte die Abbildung. Nenne die Wochentage.

2 Erzähle, was Leon und Mia in der Woche an den Nachmittagen unternehmen. Wann können sich Leon und Mia zum Spielen treffen?

- Die Tage der Woche lesen, Zeitvorstellungen (z. B. gestern, heute, morgen) entwickeln.
- Die Abbildungen betrachten und über die Gestaltung der Nachmittage der beiden Kinder sprechen.

Donnerstag	Freitag	Samstag	Sonntag
	 Bücherei		
	 Hort	 Fußballspiel	 Klavier

Illustrationen: Fuhrmann, Gisela

Erinnere dich, was du in der letzten Woche an den Nachmittagen unternommen hast.

3 Male oder trage bei jedem Wochentag ein, was du am Nachmittag gemacht hast.

4 Erzählt euch gegenseitig, was ihr an welchem Wochentag unternommen habt.

- An die eigene Gestaltung der Nachmittage der letzten Woche erinnern und in die freien Felder schreiben oder malen.
- Mit den Mitschülern austauschen (evtl. Partnerarbeit), was an welchem Tag unternommen wurde.

■ Durch unser erstes Schuljahr

⑥ Juni	⑦ Juli	⑧ August	⑨ September	⑩ Oktober	⑪ Novemb

Kindergarten	Urlaub	Schulanfang	Sportfest	Herbstferien	Laternenfe

1 Was hast du Besonderes in der ersten Klasse erlebt?
Male oder klebe deine Erinnerungen in die Rahmen.

2 Gestaltet selbst eine Erinnerungskette für euer erstes Schuljahr.

Illustrationen: Stotz, Imke

- Die Zeitleiste betrachten, beschreiben und besprechen.
- Eine eigene Erinnerungskette mit verschiedenen Erlebnisdingen anfertigen.

ezember	① Januar	② Februar	③ März	④ April	⑤ Mai

nachtsfeier	Eislaufen	Faschingsfeier	Samen aussäen	Tierpark	Projektwoche

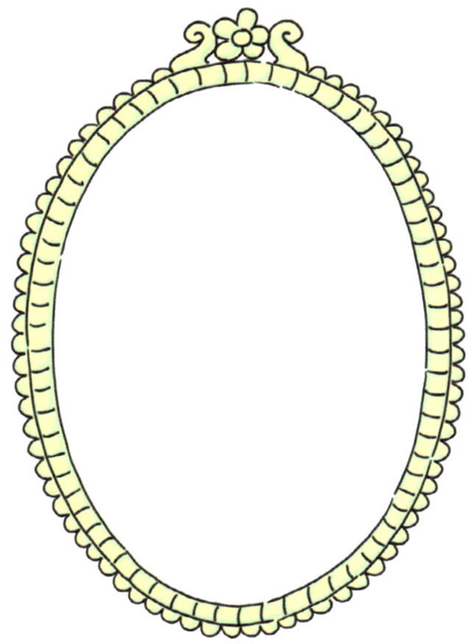

Illustrationen: Stotz, Imke

3 Was hast du im ersten Schuljahr besonders gut gekonnt?

- Eine Erinnerungskette oder ein Leporello mit verschiedenen Materialien und Abbildungen anfertigen.
- Besondere Leistungen der Kinder reflektieren.

Das habe ich gelernt

1 Betrachte die Bilder. Kreuze an, ob **l**inks oder **r**echts richtig ist.

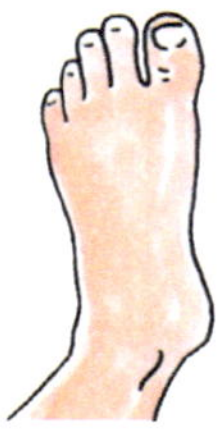

l r

l r

l r

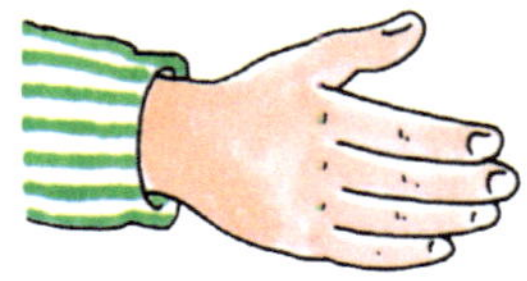

l r

2 Betrachte die Bilder. Kreuze an, ob **o**ben oder **u**nten richtig ist.

o u

o u

o u

3 Male nur die Kinder farbig aus, die sich im Straßenverkehr richtig verhalten.

- Die Aufgaben werden gemeinsam gelesen oder von der Lehrkraft vorgelesen. Fragen zum Verständnis der Aufgaben werden beantwortet. Die Aufgaben können voneinander getrennt gelöst werden.
- Die Überprüfung kann mit einem Lernpartner, gemeinsam in der Klasse oder mithilfe ausgelegter Lösungsblätter vorgenommen werden.

zu Seite 7

Illustrationen: Fuhrmann, Gisela

zu Seite 25

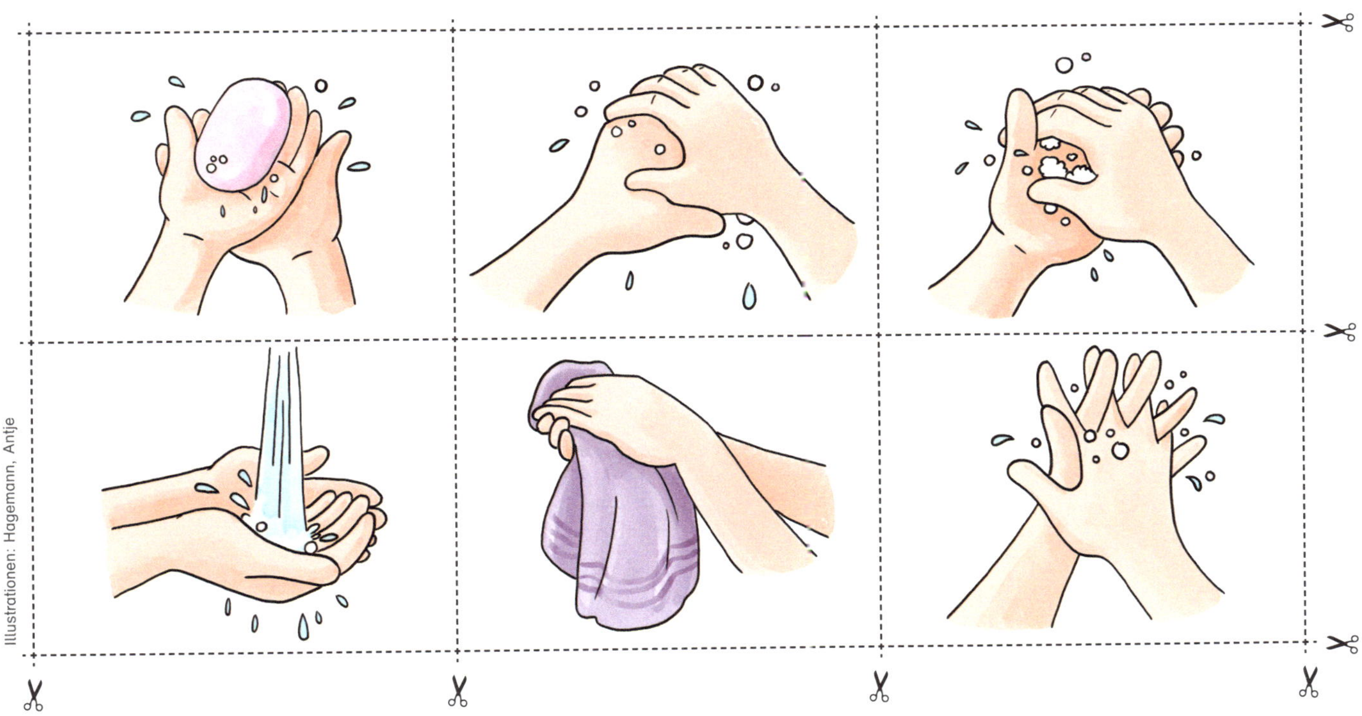

Illustrationen: Hagemann, Antje

zu Seite 27

Illustrationen: Heimrich, Heike

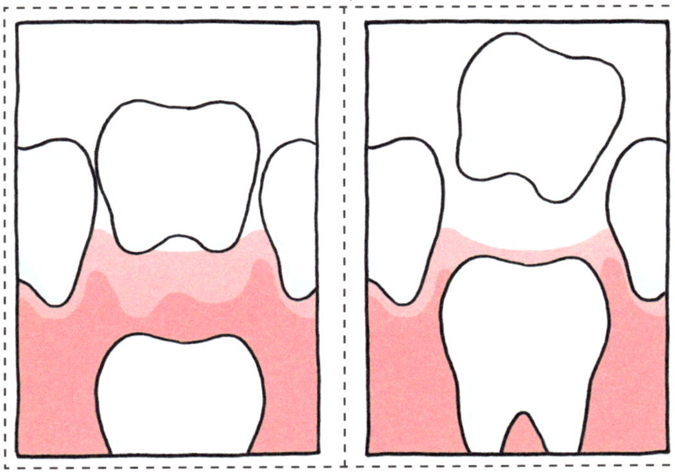

zu Seite 41

Illustrationen: Stotz, Imke

zu Seite 42

Fotos: Tönnies, Frauke

zu Seite 56

Illustrationen: Schmiedeskamp, Katja

zu Seite 66/67

Illustrationen: Bietz, Christine

zu Seite 69

Illustrationen: Bietz, Christine

zu Seite 70

Anleitung:

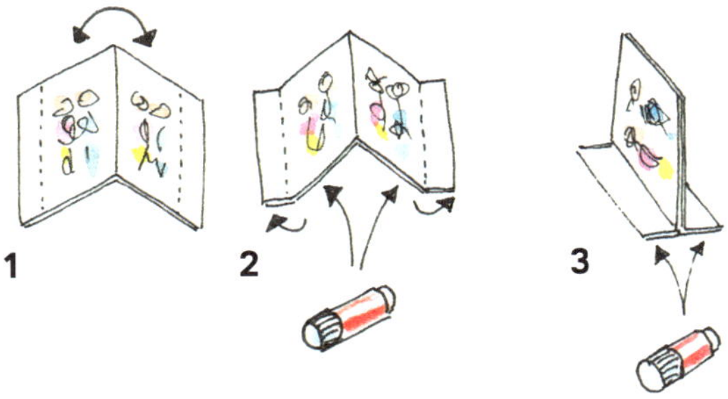

1 2 3

Illustrationen: Bietz, Christine

Bietz, Christine